사람의 만남으로 하늘엔 구멍이 나고

천년의시 0107

사람의 만남으로 하늘엔 구멍이 나고

1판 1쇄 펴낸날 2020년 4월 29일
지은이 김익진
펴낸이 이재무
책임편집 차성환
편집디자인 민성돈, 장덕진
펴낸곳 (주)천년의시작
등록번호 제301-2012-033호
등록일자 2006년 1월 10일
주소 (03132) 서울시 종로구 삼일대로32길 36 운현신화타워 502호
전화 02-723-8668
팩스 02-723-8630
홈페이지 www.poempoem.com
이메일 poemsijak@hanmail.net

김익진ⓒ, 2020, printed in Seoul, Korea

ISBN 978-89-6021-483-5
       978-89-6021-105-6 04810(세트)

값 10,000원

사람의 만남으로 하늘엔 구멍이 나고

김익진 시집

천년의
시작

시인의 말

나는 순수한 공학도이다. 언제나 계산하고, 실험한 후 분석하여 논문을 쓰면서 많은 시간을 보냈다. 하지만 시인이 된 후에야 과학적 사유에 의한 잉여의 즐거움을 갖게 되었다. 나는 매일 떠오르는 태양을 마주하며 푸른 행성, 유인우주선에 앉아 차갑지만 부드러운 자율 주행으로 언제나 절정의 날을 맞이했다. 또한 시인의 눈으로, 밤하늘의 별빛이 이곳으로 오는 데만 수십억 광년이 걸리니, 아직도 지구에 도착하지 않은 별들의 천문학적 고독을 생각했다. 에덴동산에 흘렀던 물이 지금 창밖에 빗방울로 떨어지고, 매일 보는 파란 하늘이 처음이자 마지막으로 지나갔다. 시인은 물방울의 프리즘 역할로 인한 무지갯빛 향연과, 신과의 계약으로 노아의 방주를 뒤로하고 수장과 멸종의 길을 가야만 했던 인간과 동물들의 절규도 생각했다. 우리는 별의 먼지에서 왔다가 재로 돌아가는 온전한 우주며, 방한 칸도, 고층 아파트와 자연이 모두 우주다. 그 속에서 우린 언제나 균형을 이루기 위해 부단히 움직인다. 시를 쓰면서 마치 잊을 수 있는 것처럼 살아온 시간들이 암흑보다 많다.

차 례

시인의 말

제1부

제1부

후끈 달아오른 우주

전철을 타자마자
앞자리 승객을 주시한다
그가 내릴 수 있는
모든 가능성의 거리를 추측한다
반쯤 어깨를 돌린 채
좌우대칭을 살핀다
한 승객이 움찔했다
어깨를 고정한 채
공격적인 침묵으로
모든 경우의 수를 계산한다
사건은 한꺼번에 안 일어나니
시간 차에 희망을 건다
한 아줌마가 걸어온다
타인을 볼 때는 조심해야 한다
과도한 주시를 알아채면
어떤 태도를 취할지 모른다
비이성적 위력은 막강하다
다리를 벌린 채 영역을 넓힌다

후끈 달아오른 우주
내려야 할 역은 이미 지났다

이별 후의 각주

그녀와 헤어지기 전에 한 말들이
기억나지 않는다
그 후의 모든 생각은
이별 후의 각주다
더 나아질 것이 없기에
그리워하지도 못하지만
우연히 만날지라도
이미 타인이다

어디에 있는지
무엇을 하는지도 모른다
작별 인사라도 했으면
편안했을 거라 생각하지만
이젠 자음에 모음이 없는
페니키아문자처럼 낯설다

창가에 어린 달빛
흘러내리는 빗물
숲속에 고라니 소리와
흔들리는 감꽃도

이별 후의 각주다

언제나 같은 하늘이 아닌 이곳
당신은 플라스틱 꽃
푸른 행성 넘어
순백의 어둠마저
이별 후의 각주다

액체의 밤

그녀는 물속에서 호흡하는 종이,
본능에 크게 퍼진다
감각적인 개방은 액체의 밤
운문의 산란이다

철자의 혼돈으로
익숙함을 잃어버린 정신
확장된 기분 전환은
펄싱*한다

비밀스러운 정적
만성적인 거짓말에
질감 증폭은
$f(x)$**를 그린다

X를 몰라도
Y는 발견된다
구간마다 달라지는 포물선
$f(x)$는 틀림이 없다

X에 따라

Y는 하강, 그리고 상승

근사치에서 근사치로

그녀는 물속에서 호흡하는 종이다

* 펄싱pulsing: 맥박, 파동이나 진동.

** f(x): x의 값에 따라 변하는 지수함수.

우는 비둘기 날개

우리들의 삶은
하루하루가 절정 속
은유를 만들기도 전에 굴러간다
기억은 나무나 바라보는 수수께끼
바닥에 긁힌 발자국은
바람에 지워진다

오늘도 애써 모른 척
에돌아가는 하루에
우는 비둘기 날개가 거칠어진다

달리기를 멈추고 태양을 바라보니
폐에선 거친 호흡이 나오고
가슴은 시퍼런 멍뿐
최고가 아니라고 애써 위로하지만
하늘의 것과 세상의 것들은
서로 이기적이다

땅에서 울면 하늘에서 울고
하늘에서 웃으면 땅에서 웃으니

바로크적 하루는 실종되고
다가오는 불안뿐이다

소리 없이 가는 하루는
바빌론 유수보다 더 예리하게
과거로 추방되니
우는 비둘기 날개가 거칠어진다

연필로 결제한 하루

지구가 뜨거운 돌이었을 때
땅에선 몰약이 흘러 다녔고
대기는 유황 비에 씻겨
붉은 강물이 흘렀다

에덴의 남녀가
금단의 열매를 맛본 후
마법적인 시간이 흘러
산에만 사는 에코처럼
세상은 디아스포라가 되었다

창가에 비친 응고된 얼굴은
유황의 전염병처럼
도시의 그림자를 삼킨 채
탄원과 바람으로
밤거리를 내려다본다

콘크리트 건물 유리 속
연필로 결제한 하루가
화려한 외출을 준비하니

도시엔 술잔이 부딪치고
흑연을 쫓는 웃음으로 가득하다

오늘 밤도 지구는
구약의 뜨거운 돌이 된다

.

우주의 격자

우주의 장엄함 속에
우리의 삶은 미미하고 순간적이다
별빛 아래 숨겨진 각자의 비밀들
알 수 없는 불안과 공허로
어둠의 차가움을 인내한다

빅뱅 후, 은하 제국 속 우리는
별 먼지에서 온
우주의 격자格子다

수백억 광년 직조된 우주의 간극
어둠 속의 불가사의한 존재는
별들의 화재로 돌고
쏜살같이 달려온 우주의 증기는
원자를 휘젓고 번성한다

은하계 구석진 곳에서
우리는 겨우 균형을 잡은 채
순간순간 위험하고
어둠 저편에서 온 별들은

이곳에서도 가난하다

지구는 삶의 요람일 뿐 터전이 아니니
우리는 오늘도
은하로 가기 위해 부품을 만들지만
밤은 별들에게 승계되고
딸깍발이 친구의 지팡이처럼
궤도 위에서 위태롭다

흔들리는 바다는 흉터를 남긴다

누워서 지구의 곡률을 느낀다
숨을 죽이면 들리는 행성의 궤적
매 순간이 낯선 하늘이다
등을 받쳐주는 마그마의 온기는
우주 굉음에 식어가고
부유浮遊 중인 행성은 불안하다

지구가 햇살에 스캔되어
또 하루가 지나간다

붕 떠있는 물 덩어리 위에서
태초의 파장을 느끼는 온기는
그믐치의 밤에
별들에게 인사한다

우리는 별들의 생사도 모른 채
어둠 속으로 가속 중이나
바다에 사는 혹등고래는
땅 위의 것들에 익숙해져 간다

삶은 만남과 헤어짐이 구분 없는
홀로그램, 고래의 울음소리는
난감한 이별 이야기들
하얀 눈물이 밀려온다

파도를 붙들고 있는 조수는
죽어가는 별들만의 일이 아닌지라
흔들리는 바다는 흉터를 남긴다

기억의 소멸

일요일 아침
창가에 서려있는 입김은
빛의 파장이 소멸되는 끝자락
등 굽혀 나를 내려다본다
경계의 떨림으로 벌어진 틈
파장 끝으로 밀린 그림자는
벽에 붙어 옷깃을 여민 채
작은 새소리에도 민감하다

햇살에 베어지는 침대
푸른빛 여윈 몸 위로
수북이 쌓이던 흰 눈은
바람에 날려 구름으로 표류하고
나는 몸의 무게를 버린다
심장부터 굳어 마비되는 뇌는
하늘을 지우는 회색빛이다

너와 나의 만남은
연필로 꼭 찔린 별처럼
충분히 고독하고 슬프다

우주의 만남으로 구멍이 났으니
기억의 소멸은
어둠 너머
수백억 광년의 이별이 된다

오늘도 사람의 만남으로
하늘엔 구멍이 나고
창가에 서려있는 입김은
얼고 녹는다

예쁜 전화 하지 마세요

예쁜 전화 하지 마세요
그것은 외모 이상입니다
나를 불러내지 마세요
잡지에서 소녀나 보겠습니다
당신의 목소리를 들으면
바다의 부표가 팽창하고
청어 떼가 용승산란湧昇産卵합니다
항구는 고래로 꿈틀거리니
만선의 배가 해안에 있다고
안심하지 마세요
간절히 바라는 순간이 오면
바다가 수선스럽습니다

예쁜 전화 하지 마세요
그것은 외모 이상입니다
고래의 살갗 속에는
펄펄 뛰는 청어의 환생으로
실체보다 더 큰 고래가 있습니다
청어의 미끈함을 먹고
한숨짓는 고래의 노래에는

비릿한 냄새가 납니다
거친 바다에서 공중제비로
기름을 씻어내도
청어 떼는 기어이 따라다닙니다

먼 길 떠나려 할 때
예쁜 전화 하지 마세요

주기율표

우주는 양성자와 중성자
모두 같은 주기율표다
구름 아래 우리의 삶도
같은 화학이다

어떤 사랑은
이국적인 욕망을 창조하지만
단지 신비로운 몰약일 뿐
신이 아는 우리는 원자다

모든 피부 위의 빛이
다르게 굴절되지만
그대로 같은 인간이고
죄 앞에서도 같은 죄인이다

하늘에서는 좋은 것만 내려오니
별이 살아있는 한
태양이 식을 때까지
상습적인 패배자일지라도
하늘을 응시하라

블랙홀은 실제로 있고
까마득한 미래의 깊이는
지나간 시간처럼 짚어낼 수 없다
세계의 기어가 멈추더라도
우주는 너의 시선을 따를 것이니
바람이 폐에 들어오는 한
균형을 잡아라

하늘에서는 좋은 것만 내려오니
땅 위에 것만 보지 말고
우주를 바라보라
하늘은 음모를 꾸미지 않는다

삶은 잠시 우화에 머물지라도
별의 얼룩 또한
우리와 같은 화학이다

실크나방

많은 남자아이가 키스하고 간 입술
긴 한숨을 쉴 때면
성긴 폐에선 실크나방이 나온다
입이 없는 나방은 몇 주 동안
먹지도 않고 짝짓기만 한다

투명한 날개에 붉은 피를 묻힌 채
타락한 도시의 주조된 교제처럼
너무나 뜨거워 혀를 녹인다
무한한 허기 앞에서도
실크나방은 입이 없다

우울한 침대에 누워
다른 날도 있을 거라 기대하지만
금이 간 얼굴은 왕족의 미소를 지운다
실크나방은 입이 없어
짝짓기만 하다 죽는다

나도 흐린 날을 잊으려고
얼굴에서 입부터 지운다

영원으로 들어가는 침묵

우주의 장엄함은 의심할 여지가 없다 우리의 삶은 미미하고 일시적이다 별빛 아래 상처와 고통 그리고 은유는 알 수 없는 불안과 공허함이다 우리는 밤의 침묵을 인내한다 누구나 우주 알에서 그 어떤 이유로 태어난 삶이었다 스타더스트* 빅뱅의 사건이었다 우주는 무한히 확장되는 격자다 수백억 광년 직조된 간극 사이의 불가사의한 존재다 궤도가 돌고 화재로 타면서 원자를 휘젓고 삶을 번성했다 은하계의 무한한 공간 속 푸른 행성은 균형적인 위치에서 태양이 앞에 놓이면 낮, 뒤에 놓이면 밤이 된다 하루하루는 끊임없이 별들에게 승계된다 젖빛 강, 은하수는 신화와 시의 전설이다 성 야고보의 길이고 연인들의 고운 빛 꽃길이다 헤라의 젖줄이고 비울 수 없는 욕망이다 수천 개의 블랙홀은 오리온과 시리우스의 고향이다 우주는 뱀의 꼬리가 뱀의 입안으로 들어가듯 영원하다 지상의 삶은 자신을 너무 많이 삼켜버리면 순간 공기가 목에 걸린다 물이 폐를 삼킬 때 우리는 필사적으로 수영을 하지만 우주에서는 수국이 핀다 우주 최대의 비밀은 밤하늘의 별 뒤쪽으로 달려간 빛이다 중력은 그 빛마저 삼켜버리는 괴물이다

아! 그 옛날 광기와 분노는 다 어디로 갔는가?

이젠 전설이 되었는가?

우리들의 만남은 순간순간 비껴가는 울림, 길 위의 시작이자 끝자락이다 날아가는 선 위의 점처럼 멈추면 생을 다한다 점점이 찍히고 사라진다 유한 속의 기다림과 만남, 언제나 이별 중이다 태초의 시간은 먼 곳에 있고 우주엔 에코마저 없다

"나의 희미한 기억은 가을 산도 태우지 못한다"

이제 지상의 삶은 숯이 되어 별로 사라지고 시간의 경사면은 비대칭의 흔적을 지운다 삶은 가까운 기억부터 허물어간다 벽에 기댄 낡은 기타 같다 해체된 밴드의 노래는 더 이상 울려 퍼지지 않는다 약해진 손은 힘을 줄 수 없고 가슴은 파도 아래 가라앉는다 조개는 껍질만 남기고 기쁨은 짙은 안개로 변해 간다 암각화된 도시의 밤에 눈은 화상을 입고 이교도 제단의 여신처럼 별자리를 뭉갠다 스모그처럼 쏟아지는 기침과 흩뿌려지는 지상의 삶에서 그녀는 별이고 나는 불씨였다 황홀한 키스로 그녀는 면류관을 썼고 나는 십자가에 박혔다 하늘에 서둘러 구원을 원했지만 분리된 폐의 재스민과 라일락 향기가 떠난다 이제 영원으로 들어가는 침묵은 어색하게 기

울어간다 중력장에 밀려 소외된 삶은 푸른 하늘이 볼 수 없는
곳에 와있다 지상의 웃음이 사라지니 여기에도 에코가 없다
오늘도 스타더스트는 하늘 어딘가의 맑은 계곡물을 꿈꾼다

* 스타더스트: 별의 먼지.

천 개의 바람

그녀의 마음은 화재경보
아무도 없는 어떤 마음
해가 저물 때는
가벼운 도둑질

그녀의 마음은 한 쌍의 단추
있어야 할 곳에 없는 마음
멀리서 발견된 귀고리
너무 늦은 오후

그녀의 마음은 떨어진 웃음
연소 후 부서지는 마음
풀려나지 않은 달
그림자 속의 길

그녀의 정크 메일은
하나의 문에서 다른 문으로 굴러가는
인스턴트 수정 구슬
칵테일에 묻은 립스틱

그녀의 마음은 분홍색 배낭
블렌딩 커피와 치즈
구겨진 블라우스
기차가 지나간 철길

그녀에게 거절된 기억들이
아직도 살아있다
일상의 것들을 물들이는 비가
계속해서 내린다

그녀의 피부는 너무 얇아서
우리의 비가悲歌는 파도의 입자 되어
수용성 얼굴에 바다가 번진다

눈은 뜬 채 하늘을 잡고
땅에 발을 묶고 있어도
천 개의 바람에 흔들린다

당신은 자유로우신가요?

불행에 빠져도 자유로울 수 있다면
무엇을 선택하시겠습니까?

    사랑엔 자음과 모음이 없다 연미복 노란 조끼 위 보라색 조
화다 바다 위의 페니키아 상인, 황금 드럼의 천둥과 둥근 상
념의 비다 순수한 유목민이다 바람에 달콤한 멜로디를 만들
기 위해 사슴이 올라간다 공기 냄새 음절마다 어루만져진다

    사랑은 은유와 속삭임, 기호의 불확실성이다 목마른 귀에
배고픈 눈이다 별과 달의 궤도 위의 비포장길이다 꽃향기 만
발한 노트와 부드러운 공기의 피할 수 없는 중력이다 천체를
끌고 가는 파국 지상의 아픔이다 천국 때문에 슬프다

    놀라움
      오렌지
        먹구름

    자유의 모든 맛, 실루엣의 떨림이다 멀리서 들리는 횃불
소리다 먼 별 소리, 나선형 스토리다 불길함에 대한 완벽한
변장이다 알렉산드리아의 등대다 청동빛의 둥근 불, 풍뎅이

딱정벌레로 뒤덮인 바다로 가는 길이다 사랑이 멀어질 때 그녀의 손은 마음속 책갈피다

　사랑은 손이 번역할 수 없는 말로 가득 차있다 너무 가까이 표류하면 충돌한다 눈물이 쏟아지는 포옹을 그리워한다 시간이 지나면 다시 꽃이 핀다

　사랑의 불행에 빠져도 자유로울 수 있다면
　무엇을 선택하시겠습니까, 당신?

그녀는 양자 물리*

그녀는 양자 물리학
복잡하게 얽혀 있다
최선의 답은 생각의 붕괴,
전자가 있는 위치는 우연의 확률
언제나 순간적인 변신이다
그녀는 고통을 가져오는 천사
느닷없는 뇌우
계곡을 휩쓰는 장마
운명을 가져온 송곳니로
신랑을 찾은 빗자루 마녀다
다중 세계에서 온
인스턴트 메시지다

그녀의 존재는 운문 구절처럼
집을 태우더라도 양초를 켜놓은 그리움
이토록 빠르게 클릭하지만
액정 화면은 가볍고 어떤 것은 무겁다
그녀의 빠른 행동은 문틈에 낀 듯
감각의 교향곡을 지휘하지만
주파수만 맞추면

전자 정글의 노래가 된다

그녀는 수평선 가장자리의 무지개
햇빛 따라 움직이는 프리즘
뇌 주름 갈피에 숨어있는
양자 물리다

* 양자 물리: 소립자와 미시적인 영역의 현상을 연구하는 분야.

제2부

겨울 유령

입에 수류탄을 물고 키스했다
하얀 먼지 속으로 입술이 날아가고
치아도 튀어 나갔다
손은 있으나 만질 얼굴이 없었다
기억은 비틀거리며
허공을 잡아당겼다

꿈이었다
겨울 유령은 밤마다
수류탄을 물고 있었다
얼굴은 호랑이 서리에 찔리고
표백된 고래 뼈 소리가 났다
우리 사이엔 아무런 책임이 없었다며
흩어진 입술 조각이 방언을 한다

오늘 밤 겨울 유령은
새들도 함부로 울지 않는
숲속에 앉아있다

불면증

태양이 고정되어 있다면
낮과 밤이 있을까
달이 지구보다 크다면
지구가 달 주위를 돌까
지구가 돌지 않으면
세상이 어지럽지 않을까
태양이 순간 수백 킬로로
날아가는데 왜 멀미가 없을까
태양이 구심력을 놓아버릴까
달을 신뢰할 수 있을까
태양과 달 사이만 하늘일까
우리는 어디로 날아가는 중일까
어디에 잡혀 또 천 년을 살까
이 많은 별들은 누가 잡고 있을까
중력이란 마녀는 누구일까

태양을 저울에 올려놓고
눈금을 확인한다

어제와 똑같다

고래는 지구 냄새를 좋아한다

고래는 지구 냄새를 좋아한다
바다의 감촉을 즐긴다
우리는 고래 숨소리를 들으며
우주여행을 한다
고래 노래는 파도를 부른다
태초의 호흡을 길게 할 때는
하늘 소리가 들린다
심해 속 먼 고래의 노래,
하늘 향한 물보라는
태양보다 앞선 별들에게
보내는 손짓이다
잠시만 숨을 꾹 참고
물 밖으로 점프하면
우주로 날아갈 수 있는데
고래는 지구 냄새가 좋아
우리와 산다

뼈에 살이 붙어있을 때

뼈에 살이 붙어있을 때
내 다리를 밀어주세요

지친 하루가 쓰러진 침대에서
내 몸의 얼룩을 남겼으니
나의 살아있음을 증명해 주세요

입속의 미묘한 파열음으로
잊혀 가는 관계를 말할 때는
뾰족한 생각이 없지만
꽃은 곧 화염 속의 재가 되고
떨어지는 꽃잎은 가벼우니
나의 살아있음을 증명해 주세요

하늘에선 좋은 것만 내려오니
구겨지던 미소도
봄비처럼 지나갑니다

마지막 유다와 같은
고통이 다가올 때

나의 눈을 당신 눈에 잠그니
알 수 없는 차원으로 가는 것 같습니다

뼈에 살이 붙어있을 때
내 다리를 움직여 주세요

캘리포니아 파도

당신이 노을을 보면
바다 건너엔 나의 뒷모습
내가 노을을 보면
빙 돌아선 당신의 뒷모습

별을 보는 것은
당신의 모습을 눈에서 담는 거
각자 먼 곳에서 누워있으면
은하를 한곳에 모으는 거

노을을 보다 뒤돌아보면
이미 끌려가는 바다
나를 데려가는 것은
캘리포니아 파도

밤은 가슴에 앉아있고
동풍이 불던 날
나의 영혼이 범람하여
밀려가는 먼 파도

은하계의 별이 식을 때까지
너는 나의 뒷모습
나는 너의 뒷모습만 보는
해안선의 쑥부쟁이

미소가 떨어진 얼굴

즉시 영원히 만나자던 날
우린 잠자지 않으며 잠 속에 있었고
짧았지만 사랑을 말했다
이 긍정의 순간
거대한 액체의 흐름으로
돌고래가 걸어 다녔다
세상엔 적수가 없었다
모든 문장의 유일한 이미지였고
만남은 축제의 나날이었다

우리가 시간 속에 살지 않는 동안
웃음이 사라지고,
기침은 행진을 한다
이제 밤은 길고 어둡다
아침은 더 멀리 떨어져 있다
목소리는 굳어지고
하늘은 낮고 회색이다
과거의 과일나무처럼
가치가 있기를 바라지만
뿌리에서부터 시들어간다

전화를 기다리다,
화첩을 뒤적거린다
나 없이 가득 찬 찻집
유리창에 비친 응고된 얼굴
두 개로 분리된 의식이 준엄하다
깜빡이기를 멈춘 우주선처럼
지구로부터 멀어져 간다

얼굴 없는 미소는
사랑이 짠맛이라 한다

한때 발레처럼 빠르고
웅장한 오페라 같던 손가락엔
갈색 서리가 내리고
가난해진 나는 땅 위에 누웠다
여름이 웃으면서 가니
가을이 우울하게 다가온다
이젠 어둠이 내린다
차가운 개울가에 앉아
미소가 떨어진 얼굴을 씻는다

사랑은 언제나 사랑하는 두 사람이
동시에 존재하지 않는다
얼굴 없는 미소는
사랑이 짠맛이라고 한다

가슴이 달처럼 큰 여자가 그립다

나는 얼굴 없는 슬픔
황무지에 타는 꽃처럼
이슬을 기다린다
햇살이 가혹한 날은
차라리 창문을 닫는다

이젠 잊을 수 있을 것 같은
지난날 마법의 시간들
태양을 무릎에 떨어뜨려
화염 없이 태우던 종이가
마른 피부에 쌓인다

다시 쾌활했던 침대를 갖는 것은
눈 감고 하늘이 되는 것뿐
지난날의 가슴은 납작하니
자기중심적이었다
이제 올빼미가 우는 밤이면
가슴이 달처럼 큰 여자가 그립다

검은 고양이 에메랄드 눈으로
오늘 밤도 웅크린 채 길게 본다

혀 아래 작별을 숨긴 채

혀 아래 작별을 숨긴 채
러시아의 목각 인형처럼
푸른 색조의 미소로
댐 같은 자비를 찾아 떠났다

보헤미안 언덕에
풍성하게 늘어뜨린 원피스가
바람 따라 물길 따라 걷자고 해서
스스럼없이 걸었다

삶이 시작되는 허벅지
햇살이 내리쬐는 입술
양털 구름 아래
녹색 지대는 순항 중이었다

무심한 얼굴로
마지못해 온 파티에서
우울한 한숨을 쉴 때
여인은 천국을 가자 했다

보헤미안 언덕에서
루마니아 여인은 머리를 풀고
야생화를 어지럽혔다
대지는 슬픔을 굴리며 갔다

사랑은 시차다

사랑은 기회와 변화의 연속
시차가 있다

사랑의 원근법은 이분법 배반
지평선으로 하늘을 물들이고
정교히 바다에 내려앉지만
수소와 산소의 커다란 간극으로
파도가 친다

서로가 사랑한다면
한 사람은 상대에게 으뜸이던가
태양의 스펙트럼이다
사랑의 양면은 서스펜스로
발밑은 늘 비스듬하니
삶 전체가 천적이다

사랑의 포물선은
별들의 기하학적 고독
나 없이 가득 찬 어둠이다
응고된 얼굴로 준엄하게

각이 서있다

사랑을 잃어버린 후
서로는 모순된 주장을 하지만
사랑은 스카프처럼 날리는
파운데이션이다
사랑의 대수학은 항아리
깨지면 날카롭다

사랑의 패러독스는 연극
프리마돈나와 비평가가 있지만
현실은 순간의 융합 각본이 없다

사랑이 각자 호흡을 할 때
피리 부는 사람에게 돈을 지불하니
단순한 심장의 미분과
적분도 알지 못한다

심장은 가을 잎처럼
땅에 떨어지는 페이지

사랑은 시차가 있으니
시간을 파헤쳐라

꽃잠의 개화

그녀의 꽃잠이 다시 핀다
신은 이제 죽었다
그녀의 꽃은 일시적이라
아무도 예측할 수 없다
순하던 꽃다지는
유령에게 빼앗긴 채
짙은 분紛내가 난다

꽃잠의 개화는
학교 종소리를 낸다
오한이 나고
준비 없이 뛰어든 수영장처럼
떠날 것을 거부한다
구조원도 없다

꽃잠이 개화해
약속의 반지에는 녹이 쌓이고
산골 마을 새벽녘에
차 한 대가 내려간다

우주는 다시 수선스럽다

백만 햇살의 키스

세상이 나와 공모하지 않을 때
당신의 이름은 입술
백만 햇살의 키스로
제 눈물을 말려주세요
화학은 거짓말을 하지 않으니
연필로 종이를 만질 시간에
추억을 말해 주세요

당신은 팔레트처럼
보라색 영광도 보여 줬지만
세상은 언제나 혼탁했으며
당신은 뺨에 립스틱만 묻힌 채
하늘로 올라갔습니다

하늘에서 내려다본 이곳은
아무리 빛의 부피가 수선스럽다 해도
온화하게 채색된 수채화
당신은 숭배를 가르치던 여왕이시니
점화된 이 얼굴은 가져가세요
제 가슴엔 덜그럭 소리만 납니다

당신은 나의 일광이시니
언제 돌아가고 올 줄을 아십니다
저는 세상 위에 남아있고
당신은 하늘에만 계시니
텅 빈 몸으로 살아갑니다

세상이 나와 공모하지 않을 때
구름 같은 미소만으론 충분치 않으니
저 하늘의 손가락 끝으로라도
저를 기억해 주세요

태양은 떠오르지 않는다

오늘도 태양은 떠오르지 않고
우주는 우리를 어디론가 끌고 간다
어둠을 피부에 스며들게 하니
뼈가 시리다
사이렌 소리가 들린다
달빛이 차단된 천장에 매달린 입술
난센스가 우리의 운명을 사로잡는 밤
입술에 연기가 나는 균열은
성장하는 모공처럼 뼈의 광기를
부은 목구멍에서 꺼낸다

매일 태양이 슬픔을 감춘 밤
생존 무대에서 탈출구를 찾느라
사포같이 내 뼈를 문지른다
황금먼지의 작은 덩어리를
안락의자에 앉아 새벽까지 기다려도
태양은 떠오르지 않고
하루를 어디론가 끌고 간다

구름 아래 오랜 삶 동안

이마의 빗물이 물인 줄 알고 살았다
거울을 보면 생존자의 검은 줄무늬가
얇은 종이 위로 붕괴되어 가고
앞날을 결정하는 폐에는 불이 꺼져간다
그리하여 숨겨진 불씨를 태워
마지막으로 재로 쌓은 숯을 만든다
이젠 마음을 침묵시킬 때
괜찮아지거나 창조적인 것들은
간섭 줄무늬처럼 사라지더라도
떠오르지 않는 태양을 기다린다

우리는 너무 오랫동안
누구도 그리워하지 않는 것을 그리워한다

태양이 떠오른다는 경험적 이론은
거짓이다

삶의 중심을 잃을 때

삶의 중심은 흔들린다

절뚝거리며 부르는 우리들의 노래는
소외의 끝자락, 태양이 없는 곳
멀리서 보면 둥글고 온화해 보여도
세상은 치명적인 침묵이다
언제나 흔들리는 고독으로
구름과 새들이 휴식하기에도
하늘이 너무 크다

삶의 중심을 잃을 때
슬픈 공기는 자궁마저 빨아 먹고
검은 계곡은 하늘 소리도 못 듣는다
숲속은 날지 않는 새들의 그림자뿐
바다를 찾던 강물 거품은
암염 채굴장 호숫가에 다다라
얼음 위를 걷게 한다

도시의 불빛이 먼 곳에서 보이고
찬바람이 세차게 파고들어

작아지는 비누처럼 비명을 지를 때
언 묵주를 굴리며 걸으면
알알이 따뜻해진다

거대한 은하계 회오리 속
흔들리는 궤도 위에서도
별들의 계획에 중심을 두고
이마를 찔렀던 가시관을 따라가면
삶의 중심을 잡을 수 있다

시간은 흐르지 않는다

우리는 여행을 한다 빛을 향하여 춤을 추듯 밤을 깨우며 여행을 한다 당신도 속도를 느낀다 바다와 같은 우리의 미래는 알 수 없음을 보듬고 날아간다 한때 나는 너의 손을 잡았고 너는 나의 엉덩이를 잡았다 그렇게 우리는 서로의 세포를 방문했다 지금은 모두 떠났지만 그것도 사랑이었다 내가 네 주위에 있을 때 더 나은 삶을 위해 떠나야 했다 누가 알겠는가! 우리는 오직 순간이 된다 영원히 지나치며 여행을 한다 추억은 언제나 가까이에서 멀리 달아난다 삶은 우리가 외면한 시간들의 궤적, 비대칭으로 기울어간다 바다도 고요히 기울어간다 낙조로 땅이 융기되어 지구를 굴리며 간다 열정이 다시 태어날지라도 추억은 비록 짧지만 운명은 우주가 계획한 대로 멀리 날아간다

우주의 시간은 흐르지 않는다

단지 시간 속의 사건들만이 실재하다 사라진다 시간은 끝나는 곳에서 시작되고 시작되는 곳에서 끝이 난다 시간 속에 모두 모였다가 순간을 가로지르는 삶이다 그 속에서 한때 누군가가 있어 의미가 있었다 이제 나는 너를 모른 채 너는 나를 모른 채 살아간다 내가 너를 사랑함은 내 시야에 숨어있

고 심장은 뛰고 있어도 세상의 거절은 채권처럼 조여온다 서로 하고 싶은 말과 다가가는 길도 찾지 말자 마음은 알고 있다 사랑이 사라진다고 행복이 위장되지는 않는다 이 수수께끼 같은 일들은 가깝고 먼 곳에서 일어난다 웃음은 멈추었지만 시간 밖에 마음은 안전하다

내가 붙들고 있는 바다

내가 붙들고 있는 바다는
파도가 높다
모래를 쥐고 낮게 뜬 달과
파도를 어루만지는 바람이
소나무를 떨게 한다

다시 돌아올 것을 약속했던
모래성은 흔적도 없고
몸은 차가우나 눈은 뜨겁다
주름진 갯벌은 아직도 개인적이고
해변의 비밀은 모래로 가득하다

해송이 있는 숲속에
몇 채의 슬레이트 빈집들이
마른 호흡을 하고 있을 때
두 발을 모래에 박은 채
짠 키스를 기억한다

입술로는 헤어졌지만
마음은 질기게 바다를 본다

제3부

창가에 앉으세요

창가에 앉으세요
가장 훌륭한 쇼가 무료입니다
진자가 움직이듯
태양이 뜨고 달이 지지만
같은 하루가 아닙니다
우주여행 중이니 시나 쓰세요
별과 궤도 위의 행성은
놀라운 작품입니다
창밖으로 풍선을 날려 보세요
같은 하늘이 아닙니다
누구든 따라오라고 속도를 유지하니
창가에 앉아 우주를 보세요
가장 훌륭한 쇼가 무료입니다
광폭한 궤도 위에서
회전 속도를 유지시키니
얼마나 아름다운가요
창가에 앉아 밖을 보세요
북극성도 함께 가는
여행길입니다

너에게도 성소聖김가 있다

둥근 행성 위에서
평범하지 마라
움직이는 세상은 쉽지 않다

얼굴을 땅에 숙이지 마라
하늘이 듣지 못해도
거룩한 곳이다

흔들리는 거리에는
마녀의 애가가 흐르니
머물 곳이 아니면 가지 마라

서있기만 해도
어디든 갈 수 있다

위아래 앞뒤 없는 우주에서
숨지 마라
어디나 영혼이 떨리는 곳이다

너에게도 성소聖김가 있다

느긋하게 상승하면

산과 바다도

파란 구슬만 하다

불현듯 이런 생각에

돌을 던진다
멀리 날아간다
돌이 땅에 닿기 전에
땅이 내린다
돌은 끝없이 떨어진다
땅도 떨어진다

땅별*은 회전하며
어둠 속으로 날아간다
어쩌면 끌려가는 것이다
이런 곳에서
몸을 일으켜 걷는다
우리가 서있을 수 있게
땅별도 가속 중이다

불현듯 이런 생각에
가던 길을 멈추고
돌고 있는 땅을
굳건히 딛고 버틴다

* 땅별: 지구.

하늘도 당신을 응원합니다

하늘도 당신을 응원하고 있으니
시간을 줄여 달라고 기도하지 마세요
우주와 당신은 조화를 이루고 있으니
당신의 고통은 구약의 예언입니다

광선 위에서 공중제비하는 입자,
유령의 냄새와 바다의 속삭임이
당신의 영혼과 어떻게 충돌하는지
하늘의 문 앞에서 보게 될 것입니다

우주는 뮤즈를 통해 당신을 만드니
라벤더의 향기나 음미하세요
좋은 시간부터 나쁜 시간까지
노래 가사가 될 것입니다

하늘도 당신을 응원하고 있으니
시간을 줄여 달라고 기도하지 마세요

당신이 보고 느끼는 고통은
예언자의 방언처럼
꽃길을 찾을 것입니다

하루의 궤적

하늘이 지구를 스캔할 때 주황색 물감이 바다에 풀어진다 파도에 하늘이 젖는다 굽이굽이 접힌다 물이 튕기니 하늘은 파란색이 된다 나는 새에 하늘이 갈라졌다 접혔다 펴진다 하늘의 크기가 줄었다 늘어난다 손을 휘저으니 하늘이 돈다 태양계와 우주가 회전하며 날아간다 창문을 연다 하늘이 바람과 함께 들어온다, 시원하다 하늘이 날며 건드리는 수평선이 가늘게 떨린다 하늘색이 풀어져 바다는 파란색이 된다 산에서 들에서 여우가 굴에서 나오자 하늘에 구멍이 난다 들꽃이 바람이 하늘 자락을 희롱한다 하늘 바람이 구름이 끌고 간다 해가 넘어간다 먼발치의 하늘이 바다 저 아래로 끌려간다 산이 융기한다

"하늘이 입을 꼭 다문 채 실눈을 감는다"

에테르의 별들은 계획한 대로 어둠 속에 누워있다 별 먼지로 놀기 위함이다 대결 직전의 서부영화처럼 결과는 운명에 달려 있다 순백의 어둠은 침묵이 머무는 곳, 추억의 반딧불 동산은 바빌론 유수보다 더 예리하다 접시만 한 마을에 밤이 깊어간다 내 혀는 하루를 보내며 꿈쩍도 않았다 모든 휘발성의 불안함을 소거하기 위해서 칼날이 필요치 않았다 회전하

며 날고 있는 에테르의 숲속에서 스스로 풀어진다 하늘의 광
선은 혀를 증발시키는 무모한 순간이다 어둠 속에서야 나의
존재를 알려 주는 우주의 모든 양자 구석을 통해 즉시 알려
준다 누워서 미래를 숙고하는 동안 하루란 벼락치기에서 우
스갯소리가 울린다

"하늘이 움직인다
하루의 궤적이 지워진다"

창밖에 소음
혈관이 지르는 소리

별 부락 손님

빅뱅 후
"아무것도 없던 곳에 다 있었다"

그 순간 10^{-44},
10억분의 10억분의 10억분의 1억분의 1초

그때의 공간 10^{-33},
10억분의 10억분의 10억분의 1백만분의 1센티미터 안에
다 있었다

이제 공간은 광속으로 달려
10^{40}km가 되었다

빛으로 달려 940억 광년
광활한 우주 속,
한반도에
연변 처녀가 입국했다

별 부락에서 손님이 왔다

남녀의 오후

수돗물 소리
만들어진 어둠
키스 입은 입술의 온기
나뭇잎 벽지 아래
희미한 실루엣
서둘러 잠근 복도 문안에서
안도의 미소를 띤다
젖은 재스민 향기가 날 때
전화 소리 아득하다

은밀한 화단에 숨어들어
살아있으나 빈 계단을 걷는다
나비 속삭임엔 물집이 생기고
붉은 장미가 만개한다
화학이 음악을 연주하니
남녀의 오후는
적포도주의 슬픈 맛
호퍼의 방이다

창문을 연다
갯벌이 노을에 끌려간다

사랑이란

사랑은 탐험될 수 없는 은하
별들 속에 반짝이는 별
빈 공간에 가득한 어둠처럼
보이지 않으나 실재한다

우주의 무한한 팽창처럼
영혼은 원자의 불확실성
사랑은 어쩌면 일시적인 융합 후
긴 분해의 표류다

사랑의 본질은 알 수 없는 심연
영혼을 찾아가는 길 위에는
언제나 눈비가 내리고 녹는데
내 것이 아닌 것을
잃어버린 후
힘들어하면 사랑이라 한다

자유로웠던 마음이
과거에 잡혀 있고
안개 속 헤드라이트를 보고

고양이처럼 두리번거리면
사랑이라 한다

눈물 가득한 눈으로
새벽을 바라보면
누군가 사랑이라 의심하고
살아있음으로 충분한데
무중력의 영혼을 잡으려 하면
그것은 분명 사랑이다

사랑은 반드시 담론의 대상이 있고
구체적이다

그리하여 사랑이란
정교하지만 보이지 않는 소비의 밤
방문을 걸어 잠그고 우는 것이다

오렌지색 하늘

당신을 처음 만났을 때
하늘을 손가락으로 찔러
쏟아지는 일몰을
호수 거울로 받았습니다

당신의 최면으로
과즙이 가득하던 날
하늘은 오렌지색뿐이었습니다

손으로 달을 당겨주었고
손톱 사이에 반짝이는 별을
후 불어 은하수를 만들었습니다

당신을 처음 보았을 때
나는 아이처럼 웃었고
무지개 머리띠를 해주려고
뻐꾸기 노래를 불렀습니다

손가락으로 하늘을 찌를 때마다
노래가 흘러나왔습니다

당신을 처음 만나던 날은
온통 오렌지색뿐이었습니다

원인 없는 노래는 없다

노래는 우주로 넘어가는 끈인지라
사람들은 노래를 한다
행성 채권의 필사적인 문
예기치 않게 솟아오르는 유성 속에서
우주를 넘나드는 것은 노래뿐이다

하늘로 날아가는 4분의 1박자의 파장은
영혼을 싣고 가는 끈이다
우리는 거기에 머물러 이야기를 하니
노래가 있는 곳에 머물러라

나는 오늘 가사를 썼고
그것을 새들에게 들려주었다
새들은 작가 미상의 노래는 있어도
원인이 없는 노래는 없다고 한다

노래는 한숨과 거짓을 덮는
웃음과 눈물
노래가 없는 곳은 천사가 묶인 곳
고통의 계절, 영혼이 잠긴 심해다

사랑의 전함 시대는
우주에 딱 한 번 일어나는 일이니
돌고래처럼 노래를 부르자

초대

그녀는 계단에서 멈추었다
그는 그녀를 화재의 방으로 초대했다
그녀는 그에게 세상을
바꾸라고 베개를 주었다
그녀는 그에게 불을 지르라 했다
그는 불씨를 받았다
그는 낭만적인 사람이 아니었다
그것이 방해되지는 않았다
그녀는 아름답지는 않았다
그녀가 매력적이지 않다는 것을
의미하는 것은 아니다
그들의 관계는 취침 시간이 아니었다
그들의 눈은 양초였고
그들의 입술은 손이었다
그들의 시트는 바다였고
그들은 머리를 일몰로 가져갔다

인생은쉽지않지만삶을단순하게하면하루를재치있게보낼
수있다

그녀는

그를

화재의 방으로 초대했다

첼로, 그녀의 쇄골

태양이 조금만 빨랐더라면
그대와의 만남은 없었을 것이다
지구의 그림자가 커질수록
나쁜 것은 아니라지만
그들은 서로를 아파했다

그러니 울지 마라
이도 우주 계획의 하나였다

태양이 조금만 빨랐더라면
만날 수 없는 운명이었지만
다 이유가 있었다
매일 맑은 날일 수는 없지만
태양의 주기를 원망하는
슬픈 기억은 표류케 하자

태양이 회전하는 한
어떠한 칩거도 평범하지 않으니
궁지에서 벗어나기 위해
이젠 그만 울자

쇄골이 예뻤던 그녀는
끈이 너무 많았던 첼로처럼
가볍게 손만 얹어도
슬픈 노래가 흘러나왔다

존재의 의문

눈 뒤에 뇌가 있다
그 안쪽 어딘가에 영혼이 산다
그 뒤로 내가 있다는 생각은
존재의 이원론적 실재가 불가능하다

뇌는 형언할 수 없이 작은 시냅스[*]
영혼은 두개골 뒤 어딘가에 살거나
몸 밖에도 돌아다니거나
나의 우주적 수수께끼다

나의 전두엽은 바다에서 춤을 추고
잣나무 숲처럼 숨을 쉬고
장마철에 온화한 미소를 시도하지만
나의 두개골은 악마가 숟가락으로 조각한다

　뇌가뉴런시스템이라면나는뇌가아니라는존재의의문이좀
비처럼걸어나온다

나의 뇌를 그녀의 뇌에
USB 스틱으로 전송해도

음성적 언어 없이는 이해할 수 없다
나는
말 못 할 데이터가 너무 많다

* 시냅스: 신경세포의 전달체.

백인대장

기회가 있을 때
할 수만 있다면 하세요
로마의 백인대장처럼
진실을 안 후엔 쉽지 않습니다

그가 군대를 용서하였기에
군인들은 아기처럼 울었습니다
피에 젖은 땅 위에 불이 날 때까지
누구나 슬픔을 갖고 살아갑니다

당신이 때를 놓치면
달빛이 떨어질 때까지
하늘이 만져질 때까지
군인들처럼 울고 말 것입니다

할 수만 있다면
오늘 하세요
누구나 슬픔을 갖고 살아갑니다

무한

두 남녀가 마주 보고 있다
그들은 서로 사랑한다
그녀는 그가 그녀를 사랑한다는 것을 안다
그는 그녀가 그 사실을 안다는 것을 안다

그들의 마음이
매 순간 오고 간다

마주 보며 오고 가는
생각의 양은 $10^{70,000,000,000,000}$,
10의 70조 제곱이다

무한이다

* 우주에 있는 원자의 개수는 약 10^{80}개, 인간의 뇌는 10^{27}개의 원자로
  이루어졌다.

제4부

키스

카페 창문에 반사된
그녀의 얼굴
홍채는 위로 투사되고
꼭 닫힌 입술은 미소를 띤다
웃음은 양이 아니라 질이라지만
항상 궁금했다

카페 벽과 바닥
테이블을 하나씩 지운 후에야
그녀가 보였다
돌아본 눈썹 사이로
떠돌아만 다니던 입술에
물방울 꽃이 피었다

어디를 둘러보아도
입술과 뺨 사이뿐

고요

꽃밭에 앉아있다

꽃잎에 물방울은
툭 치면 터질 듯
탱탱하다

담쟁이덩굴은 흔들림 없이
은하를 잡고 있다

우주는 수선스러운데
봄날의 꽃밭은 고요다

꽃잎에 물방울이
떨어지기 전,
시간이 멈춰있다

꽃밭에 고요가
터질 듯 앉아있다

하늘은 마음처럼 어둡다

눈보다 큰 창은 없다
해와 달을 품고
하늘을 담아도 남는다
눈보다 긴 자도 없다
태초의 별자리부터
은하수를 재고도 남는다
눈보다 굳건한 열쇠는 없다
바로 옆에 있어도
시선은 그 안에만 있다
눈보다 깊은 심연도 없다
두 눈을 감으면
고래 소리가 들린다
하지만 핸드폰을 손에 든 눈은
구름 한 조각, 별 하나도
담을 수가 없다

아직 키스하지 않은 입들과
걸어보지 않은 길들이 너무 많은데
서로 얼굴은 가린 채
모든 것을 손으로만 본다

하늘은 마음처럼 어둡다

영역 싸움

한 달 전 한적한 도로에서 버려진 고양이를 보았다 다른 차에 치일까 차선 밖으로 옮겨 놓았다 고양이는 다시 중앙선에 앉았다 로드킬은 시간문제였다 고민하다 고양이를 데리고 왔다 집에서는 쫓아왔다고 했다 며칠 동안 U 자형 하수구에만 앉아있었다 인터넷으로 찾아보니 태국 왕족의 샴이었다 몸에서는 오줌 냄새가 났다 서있지도 잘 먹지도 못했다 목욕시킬 때는 눈을 맞추었다 간식으로 연어 죽과 캔을 먹었다 의논 후 이름을 "마루"라 했다 조금씩 음식을 먹기 시작했다 하루는 없어져 찾으니 길 위에 앉아있었다 세상을 배운 적 없는 듯했다 밤마다 길냥이와 영역 다툼을 했다 온몸은 상처투성이였으나 사료는 잘 먹었다 부르면 야옹으로 대답했다 반려견들과도 잘 지냈다 이젠 너무 쫓아다녀 텃밭 일이 어렵다 눈만 마주치면 긁어달라고 눕는다 밤마다 길냥이들이 찾아왔다 목걸이도 없어지고, 귀에는 날카롭게 긁힌 상처가 있다 서로의 일 합으로 생채기를 주고받는다

저들의 우주가 폭발한다

싸움도 늘어가고 연습을 하는지 가끔 야망을 떤다 조금만 방심하면 발톱으로 잡아채고 물기까지 한다 이젠 한 달 전의

마루가 아니다 틈만 나면 전투 연습이다

오늘 밤도 전쟁을 준비한다

슬퍼할 일들이 너무 많다

슬퍼할 일들이 너무 많다

이미 지나간 날들이
얇은 지갑에 묶여 있던 또 하루를
잎이 다 떨어진 산허리 위로
끌고 지나간다

초겨울 추위에 얼어있는 낙엽은
기어처럼 흔들리고
달리는 자동차 울음이
목젖까지 꽉 찬 오후다

삶은 알 수 없는 미래
흑백이거나 흐린 음영으로
별 무리와 함께 가는 길인데
끼워야 할 단추가 너무나 많다

조수와 달이 배합한 삶
회전하는 마법의 순간들은
되돌아갈 길이 없으니

타인에게 말이나 걸어본다

우리는 단 한 번 사는데
이 삶은 북적대는 비둘기장이다
일요일 오후에는
슬퍼할 일들이 너무 많다

뺨에 얼룩진 웃음

종일 말은 혀끝에 머물고
써야 할 단어는 어딘가에 숨은 오후
한때 기쁨이었지만
한숨만 가져오는 사진 한 장
그녀가 쓰던 마스카라와
뺨에 얼룩진 웃음이 그립다

물 위로 돌을 던지자
순간 슬라이드 경로를 만들고
발아래 고대의 흔적처럼
나의 시간을 발생시킨 용의자도
백제의 미소처럼
지난 시간을 소멸한다
돌의 격자도 느리게 부서진다

허브의 향기로
여행자의 좌석을 부드럽게 하니
혀끝에 머물던 고독은
한 모금 술에 넘어가고,
웅크렸던 하루가 또 날아간다

공허란 문을 열면
숲에는 야생 엘크가 서있고
시간이 서쪽으로 사라질 때
꽃들도 순간 피었다 지니
기침할 때도 조심을 한다

삶은 예민하니
묘비의 비문도 깨우지 마라

당신을 만지며 나를 찾던 밤

사물이나 물건이 이름 앞에
존재했을 때
당신이 제 이름이었는지
누가 알까요?

당신의 이름 이전의 이름들이
궁금합니다

당신 이름 이전의 이름이
소리 질러 생각나게 하는 나
당신을 만지며 나를 찾던 밤은
시간이 지나도 문법적으로
우주적 수수께끼다

당신은 당신의 이름
나는 지금의 내 이름으로
서로 얼굴을 지키지만
어쩌면 이 모든 일은 모순일지
아무도 모른다

나는 당신이 아침에 찾는
첫 번째, 밤에 만지는
마지막 것이 되기를
해가 갈수록 원하는데
우린 각자의 이름 앞에 있다

오늘도 연결되지 않은 전화는
울리지 않는다

신발은 문 앞에 벗어두세요

영혼이 성전이라면 몸은 덩굴
들어갈 때 주의하세요
과욕으로 신음하는 발이니
신발은 문 앞에 벗어두세요

함부로 아름다운 이에겐
성전은 가을 신화 같지만
그대의 몸은 성곽의 아이비,
우울의 바위손입니다

수줍게 울지 말고
잔잔한 곳으로 걸어오세요
인생은 너무 아름답지만
무섭게 일시적입니다

눕지 않고 어떻게 하늘을 보고,
엎드리지 않고 기도하겠습니까
땅은 거룩한 곳이니
무릎만 꿇을 수 있으면 기도하세요

당신을 초대하는 것은
그 옛날 모세를 부르던 것처럼
그대의 온 인격을 부르는 것이니
신발은 문 앞에 버려두세요

우주의 시간을 기억하세요

우주의 진리 중 하나는 시작이 있으면 반드시 끝이 있다는 것이다. 별도 태어났으면 반드시 죽어야 한다. 별들의 세계는 태어날 때의 질량이 그 수명을 결정한다. 수소가 많은 무거운 별이 오래 살 것이라고 생각할 수도 있다. 하지만 질량이 크면 중심의 온도가 높기 때문에 수소가 훨씬 빨리 탄다. 별의 질량이 2배 커지면 밝기는 8배가 더 밝아진다. 결국 별은 질량이 크면 클수록 중심의 온도가 높아 수소를 빨리 태우고 빨리 죽는다. 질량이 태양 정도 되는 별은 약 100억 년을 살고, 태양의 수십 배 이상 되는 별은 수백만 년밖에 살지 못할 것이다. 별들의 운명은 '굵고 짧게' 아니면 '가늘고 길게'이다. 태양은 지금까지 약 50억 년을 살아왔다. 그러니까 태양의 수명은 앞으로 50억 년이 남은 셈이다.*

당신은 별의 먼지입니다
융합의 도가니에서 단조된 원소들입니다
별의 마을에서 태어난 원자가
혜성의 긴 꼬리에 매달려
암흑 속을 날아온 당신입니다
별의 먼지인 것을 기억하세요
오랜 시간 기적 같은 찬스를 잡고

이 행성으로 왔으니
우주의 시간을 기억하세요

주머니에 우주와 보풀이 있습니다
당신 손끝의 세상에
모든 지식이 기다립니다
보풀은 손을 녹여 주는데
주머니 속 우주, 핸드폰은
당신에게 고양이 비디오나 보여 줍니다
주머니 속 우주는
사소한 다툼이나 금전 거래를 하는 데 사용합니다

부디
우주의 시간을 기억하세요

* 이태형, "이태형의 생활천문학 (45) 별의 죽음", 《The Science Times》, 2016. 3. 31.

지구로 달려온 떨림

그를 인용하지 말라
차가운 어둠 속의 불일 뿐이다
허허망망 달리다 보니
네가 본 화염이다
그를 평범한 시선으로 보아라
그는 어느 창문에도 얼룩을 남기지 않는다
웅크리다 직교하는 빛일 뿐이다
그는 진원지에서 뜨거웠다
차가움의 극한을 뚫고
지구로 달려온 떨림이다

어둠이 전부일 때부터
그 없이는 아무 날도 없었다
그는 세상보다 빨라
언제나 어디서나 혼자였다
너희는 모두 그로부터 왔다
모든 기술도 그로 이루어졌다
그에게는 신화 같은
수백억 광년이 있다

그 세월이 있어 비가 내리고
바람이 분다
그 없이는 아무 날도 없다

독거노인

오래된 한옥의 한낮이었다 방문을 몇 번 두드려도 정적뿐
이다 그녀는 누워있었다 손은 번역할 수 없는 말처럼 떨리고
안부를 묻자 눈가엔 눈물이 고여있었다 우리는 반찬을 갖고
왔다고 했다 그녀는 지난주에 받은 그릇을 주기 위해 싱크대
를 잡고 부엌으로 갔다 한 발 한 발 옆으로 걸었다 며칠 밥을
안 먹은 듯 남은 반찬을 다 비운 후에야 떨리는 손으로 설거
지를 했다 준비해 간 커피를 따라준다

"나는 노란색을 좋아해요"

방에서 보는 노을이 좋다고 했다 그녀는 물어보지도 않은,
자식들이 가끔 들여다본다며 먼지 쌓인 음료수를 주었다 몸
에선 담즙과 신 냄새가 났고 가슴은 마른 화산재 같았다

배웅하던 그녀는
손을
좀
잡아달라고 했다

당신을 위한 한 줄

당신을 위해 한 줄 쓰기를
오랜 시간이 걸렸습니다
낯선 사람의 러브 스토리처럼
쓰기를 망설였습니다
이야기의 멜로디를
어떤 미소로 지어야 할지
가사를 잊었습니다
당신이 오실 때마다
나는 어둠 속으로 숨었고
내 웃음이 당신을 만나는 것이
두려웠습니다

당신의 기억만으로도
교향곡을 작곡할 수 있는데
나는 당신을 외면했습니다
당신의 온유한 시선에
한 줄을 쓰는데 반백 년이 걸렸습니다
......

"어머니! 저는 다시 일어납니다"

삶과 싸우지 마세요

삶과 싸우지 마세요
감히 상상도 하지 마세요
눈을 감지도 돌아서지도 마세요
답은 바람입니다

어디에서 시작해
어디서 끝날지 모르지만
다 지나갑니다
태양 아래 붉은 점토처럼
잠시 지구 위에 새겨졌지만
곧 은하로 돌아갑니다

별들의 톱밥이 쌓이면
다시 바람이 부니
삶과 싸우지 마세요
다 지나갑니다

노랑나비

화창한 유월
어머니 산소에 앉아
힘든 일들을 지운다
칡꽃 위에 나비가 날고 있다
주위를 비행하다
불안하게 착륙했다
날개가 부러진 듯
한쪽으로 기울어졌다
나비는 다가가도
만져도 움츠리지 않았다
나비는 기지개 켜듯
좌우 균형을 맞추고
숲으로 날아갔다

그렇게 우리는 몇 번을 만났다
어머니 하관식 때 본
그 나비였다

시선은 땅에만 머물러있다

나무에 잎이 나고 추락한다
뿌리에 기대 누워
바람 소리를 듣고 있다
천둥이 치면 비를 맞는다
나무는 누울 수 없어 잎이 난다

어른이 된 후
한 번도 못 울어봤다
흔했던 눈물이 말랐다
그전처럼 수치심은 없으나
여전히 슬프다
가슴엔 균열이 가고
얼굴은 사막이 되어간다

이제 고목이 되어간다

눈물이 고이면 울고
아무 데나 누울 수 있는데

아직도
시선은 땅에만 머물러있다

당신의 미소가 전부입니다

사람의 아픔으로 눈이 떠질 때
비가 오게 내버려 두세요
액자 속의 미소가 전부입니다
고통스러울 때도
비가 내리도록 태양을 숨겨 주세요
자유의 땅은 결코 없습니다.

헛되어 보이는 것들 앞에
할 수 있는 것은
액자 속의 미소가 전부입니다

당신의 미소를 기억하면
삶은 압도당하지 않습니다

이 세상이 적합지 않다는
생각이 들 때마다
미소로 모든 것을 놓아주세요
강하게 굴지 말고
부서진 상처를 보여 주세요

그래도 힘들면
사진 한 장 안 남긴
당신의 고백을 기억합니다

상상하는 미소가 전부입니다

관계

모래 한 알이
별을 잡고 있다
모래 골물은
별의 무게를 알고 있다
그들은 상호작용을 한다

체 거름 파도
물결무늬 가장자리에
한 골물이 사라지면
해변이 달라진다
가장자리가 접히고
바다가 무너진다

모래 한 알에
우주가 바뀐다

과학적 상상력, 상징계, 그리고 그 너머

오민석(문학평론가, 단국대 교수)

I.

김익진 시인은 시인으로서는 독특한 이력의 소유자이다. 그는 독일에서 문학이 아니라 재료공학을 전공했고, 지금은 모 대학 신소재공학과 교수이다. 이런 이력 때문인지 그의 시에는 다른 시인들이 잘 사용하지 않는 과학 용어들이 자주 등장한다. 가령 "지수함수" "f(x)"(「액체의 밤」)와 같은 표현을 일반적인 시에서 발견하기란 어렵지 않은가. 그는 과학적 상상력을 동원해 세계를 읽는다. 가령 그에게 "빛"은 "파장"으로 설명되고, "우주"는 "양성자와 중성자"로 이해되며, "그녀" 조차도 때로 "양자 물리"로 묘사된다. 그에게도 물론 물리 · 화학만이 아니라 '인간'으로서의 일상이 있다. 그러나 그에게 있어서 일상은 지구라는 행성 위에서 벌어지는 일이며, 지구는 우주라는 더 큰 단위의 일부분으로 설명된다. 이렇게 보면 그가 모든 것을 '과학'의 원리로 설명하는 것이 아닌지 오해할 수도 있다. 물론 과학이 그에게 가져다준 것은 '우주적' 상상력이지만, 그는 그것에 과학이 설명할 수 없는 두 가지를 덧보탠다. 그 첫째는 인간과 인간-삶의 배리성背理性이다. 다음으로 그가 과학적 이해에 덧보태는 것은 우주를 창조한, 과학 너머의 더 큰 존재, "하늘"이다. 즉 김익진 시인은 과학으로 세계의 프레임을 짜되, 그것 너머에 있는 초超과학적 존재, 혹은 바로 그 과학마저도 창조한 절대적인 존재를 늘 의식하며, 인간의 삶이 물리나 화학의 원리로 설명할 수 없는 복잡성과 모순성을 가지고 있음을 이야기한다. 이렇게 되면 과학자인 그가 왜 시의 세계로 진입했는지 비로소 설명이 된다.

우주의 장엄함 속에
우리의 삶은 미미하고 순간적이다
별빛 아래 숨겨진 각자의 비밀들
알 수 없는 불안과 공허로
어둠의 차가움을 인내한다

빅뱅 후, 은하 제국 속 우리는
별 먼지에서 온
우주의 격자格子다

—「우주의 격자」 부분

인간은 우주의 일부분, 즉 "별 먼지에서 온/ 우주의 격자다". 이것은 그가 인간을 우주라는 거대 공간의 일부로 이해하고 있음을 보여 준다. 문제는 우주의 일부분인 인간의 삶이 "미미하고 순간적"이며 "알 수 없는 불안과 공허"로 가득 차있다는 것이다. "미미"함은 우주와 대비되는 인간의 작은 규모를, "순간적"임은 인간−존재가 우주의 역사와 비교할 때 너무나도 짧은 시간의 연속체 안에 존재함을 지시한다. 그렇다면 "알 수 없는 불안과 공허"란 무엇일까. 물리 · 화학적 단위들, 가령 원소 혹은 바람 같은 것들은 이런 것들을 느끼지 못한다. 인간은 물리 · 화학의 원리로 설명되지 않는, '결핍'의 "비밀"을 소유하고 있다. 그 결핍은 영원히 채워지지 않는다. 그러므로 인간은 늘 공허할 수밖에 없다. 라캉이 대수학의 기호를 빌려 설명한 바에 따르면, 욕망(결핍)은 '소문자 대상 a(objet petit a)'를 계속 다른 것으로 대체하지만 결코 충족되지 않는다. 이 영원한 미未충족의 상태가 인간의 '공허한' 실존이다. 김익진 시인은, 널리 과학의 틀 안에 있으나 그것만으로 설명되지 않는 인간−실존의 문제를 계속 건드린다.

지구가 뜨거운 돌이었을 때
땅에선 몰약이 흘러 다녔고
대기는 유황 비에 씻겨
붉은 강물이 흘렀다

에덴의 남녀가

금단의 열매를 맛본 후
마법적인 시간이 흘러
산에만 사는 에코처럼
세상은 디아스포라가 되었다

—「연필로 결제한 하루」 부분

인간과 세계는 산에 울려 퍼지는 "에코"처럼 끝없이 분열 (해체)된다. 위 시에서 "디아스포라"란 중심이 없이 흩뿌려진 산종散種(dissemination, 데리다)의 상태를 가리킨다. 결핍과 분열이 없는 동일성의 세계가 "에덴"이라는 실재계(the Real)라면, 거기에서 쫓겨난 인간의 "세상"은 현전現前(Presentaton, 데리다)의 지연 속에서 계속하여 결핍과 부재를 낳는 공간이다.

II.

인간의 삶을 '빈털터리'로 만드는 것은 무엇보다도 '시간'이다. 셰익스피어의 소네트(116번)에 나오는 표현처럼 '장밋빛 뺨과 입술은 시간의 칼날 안'에 있다. 셰익스피어는 같은 작품에서, 그럼에도 불구하고 '사랑은 시간의 노리개가 아니다'라고 주장하지만, 이것이야말로 형용모순(oxymoron)이다. 사랑 역시 시간의 칼날 아래 놓여 있다. 시간 앞에서 모든 것은 산산이 무너진다. 그러므로 시간은 인간의 유한성을 증명하는 거울이다.

> 우리들의 삶은
> 하루하루가 절정 속
> 은유를 만들기도 전에 굴러간다
> 기억은 나무나 바라보는 수수께끼
> 바닥에 긁힌 발자국은
> 바람에 지워진다
>
> …(중략)…
>
> 소리 없이 가는 하루는
> 바빌론 유수보다 더 예리하게
> 과거로 추방되니
> 우는 비둘기 날개가 거칠어진다
>
> ―「우는 비둘기 날개」부분

시간은 존재를 서서히 지운다. 시간의 흐름을 따라 모든
것은 "과거로 추방"되므로, 모든 것의 '현재'야말로 "절정"의
순간이다. 시간은 "은유를 만들기도 전에" 존재를 과거로 내
던지며 흘러간다. 이 어마무시한 폭력 앞에 "우는 비둘기" 같
은 존재가 인간이다. 그것의 날개는 시간 앞에 점점 더 "거칠
어"지며, 날 수 있는 가능성은 점점 더 사라진다.

　　김익진의 이번 시집에 빈번히 등장하는 단어 중의 하나

가 바로 "입" 혹은 "입술"이다. 입 혹은 입술은 말—기계이므로 재현 혹은 표현의 영역과 관련되어 있는 기관이다. 그것은 곧 언어 혹은 상징계(the Symbolic)의 풍경을 드러내는 기표이다.

무한한 허기 앞에서도
실크나방은 입이 없다

…(중략)…

실크나방은 입이 없어
짝짓기만 하다 죽는다

나도 흐린 날을 잊으려고
얼굴에서 입부터 지운다

—「실크나방」 부분

"무한한 허기"라는 구절이야말로 욕망—기계로서의 인간을 정확히 지시한다. 남은 것은 생물학적 성욕과 죽음뿐("짝짓기만 하다 죽는다"), 언어는 인간의 결핍을 해결할 수 없다. "입이 없다"는 것은 재현의 불가능성을 단정하는 구절이지만, '있는' 입으로 표현해도 인간의 언어는 현전에 가닿지 않는다. 그러므로 "입"은 있어도 없는 것이나 하등 다를 바 없다. 언어는 현전 아래에서 끊임없이 미끄러지며 계속해서 결핍을 낳는다. 그러니 "무한한 허기"야말로 인간존재의 유적類的 본질이다.

필연성(necessity)이 없이 과학은 존재하지 않는다. 우주의 원리가 그 어떤 필연성의 원리에 의해 가동될 때, 그것을 탐구하고 해명하는 것이 과학이다. 생물학적 인간은 과학(필연성)에 의해 설명이 가능하다. 그러나 욕망과 기호(sign)의 세계는 필연성의 원리에 의해 설명되지 않는다. 욕망은 수리와 계산의 법칙을 수시로 위반하는 전복성을 가지고 있다. 기호의 양면인 기표와 기의의 관계는 필연적이지 않으며 자의적(arbitrary)이다(소쉬르). 세계는 명명(naming)하는 대로 규정되지 않는다. 명명의 순간, 그것은 이미 '무수한 다른 것들'로 도망친다. 혼란은 바로 이 지점에서 시작된다. 세상의 모든 예술과 철학은 바로 이 모순들 때문에 생겨나며, 이 용납하기 힘들고 설명하기 힘든 삶의 배리에 대한 지속적인 질문이다.

　　달빛이 차단된 천장에 매달린 입술
　　난센스가 우리의 운명을 사로잡는 밤
　　입술에 연기가 나는 균열은
　　성장하는 모공처럼 뼈의 광기를
　　부은 목구멍에서 꺼낸다

　　…(중략)…

　　태양이 떠오른다는 경험적 이론은

거짓이다

—「태양은 떠오르지 않는다」 부분

독자들은 지금 한 과학자−시인에게서 "태양은 떠오르지 않는다"는 '비과학적'(?) 진술을 읽고 있다. 게다가 그는 "태양이 떠오른다는 경험적 이론은/ 거짓이다"라는 문장으로 이 시를 끝내고 있다. 그가 본 것은 외적 필연성이 아니라 균열된 "입술"(언어)이며, "난센스"인 운명이다. 헤밍웨이가 『태양은 또다시 떠오른다』를 통해 절망 속의 한 가닥 희망을 이야기하고 있다면, 김익진 시인은 절망 속의 절망을 이야기하고 있다. 헤밍웨이가 페시미즘의 언저리에서 희망을 찾고 있다면, 김익진은 페시미즘의 언저리에서 우리 삶의 "난센스"를 읽고 있다. 이런 점에서 김익진 시인은 문학적 모더니즘보다 더 멀리, 더 깊게, 인간과 세계의 부조리(the absurd), 터무니없음을 응시하고 있는 셈이다.

III.

김익진의 시들은 이렇게 확실성과 불확실성, 필연성과 자의성 사이를 오가며 직조된다. 확실하고 필연적인 것은 우주의 가동 원리이며, 불확실하고 자의적인 것은 욕망과 기호로 이루어진 인간의 세계이다. 필연성과 확실성은 늘 인간 너머에 있다. 인간은 불확실성과 자의성의 세계에서 확실성과 필연성의 세계를 꿈꾼다.

> 사랑은 은유와 속삭임, 기호의 불확실성이다 목마른 귀에
> 배고픈 눈이다 별과 달의 궤도 위의 비포장길이다 꽃향기 만
> 발한 노트와 부드러운 공기의 피할 수 없는 중력이다 천체를
> 끌고 가는 파국 지상의 아픔이다 천국 때문에 슬프다
> ──「당신은 자유로우신가요?」 부분

인간은 필연성의 목소리에 목마르며 배고파한다. 그것은
채워지지 않는 결핍, "기호의 불확실성" 때문이며, 필연성
("별과 달의 궤도")을 위반하는 욕망의 "비포장길" 때문이다. 욕
망과 기호는 잘 포장된 질서의 표면에 흠집을 낸다. 그것은
모두 유한성을 넘어 무한성을 지향했던 최초의 인류가 저지
른 "파국" 때문이다. 이 시에서 "천국"으로 표현된 실재계가
슬픈 이유는 우리가 이제 그것에 도달할 수 없기 때문이다.

> 입에 수류탄을 물고 키스했다
> 하얀 먼지 속으로 입술이 날아가고
> 치아도 튀어 나갔다
> 손은 있으나 만질 얼굴이 없었다
> 기억은 비틀거리며
> 허공을 잡아당겼다
>
> …(중략)…

흩어진 입술 조각이 방언을 한다

—「겨울 유령」부분

이 시의 의미소意味素는 '해체'이다. "입술이 날아가고" "얼굴이 없"고 "기억은 비틀거리"는 "허공"이야말로 자기동일성을 상실한 존재의 모습이 아니고 무엇인가. 상상계(the Imaginary)에서 쫓겨난 인간이 겪는 운명은 이와 같은 분열, 해체, 탈脫중심화이다.

당신을 만지며 나를 찾던 밤은
시간이 지나도 문법적으로
우주적 수수께끼다

당신은 당신의 이름
나는 지금의 내 이름으로
서로 얼굴을 지키지만
어쩌면 이 모든 일은 모순일지
아무도 모른다

—「당신을 만지며 나를 찾던 밤」부분

라캉에 의하면, 상상계는 자신의 눈(시선)에 비친 대상을 자신과 동일시하는 단계이다. 이것은 명백한 오인誤認이지만, 적어도 이 세계에서는 주체 내부의 분열도, 주체와 대상 사이의 분열도 존재하지 않는다. 그러므로 당연히 아무런 결핍도 존재하지 않는 세계가 상상계이다. 그것이 "시간이 지나도 문법적으로/ 우주적 수수께끼"인 이유는 화자가 상상계에서 이미 언어와 아버지의 법칙(Father's Law)이 지배하는 상징계로 넘어와 있기 때문이다. 문제는 상징계로 넘어와 각자의 이름을 갖고 서로 분열된 상태 역시 "모순"의 세계라는 것이다. 왜냐하면 상징계는 그 자체 결핍의 공간이기 때문이다. 상징계는 기호의 자의성이 지배하는 세계이므로, 이름과 대상 사이의 연결의 필연성이 존재하지 않는다. 이름은 '이것'을 의미하면서 동시에 '저것'을 의미할 수도 있기 때문이다. 이름과 지시 대상이 제멋대로 연결되는 세계는 그 자체 "모순"이다. 이 시 속의 화자는 이미 떠나온 상상계라는 고향과 현실의 상징계를 모두 의심하고 있다. 그러니 유일한 결단은 상상계와 상징계를 뛰어넘는 어떤 본질의 세계를 찾는 것이다. 그것이 그에게는 바로 "하늘"이라는 기표이다.

> 모든 피부 위의 빛이
> 다르게 굴절되지만
> 그대로 같은 인간이고
> 죄 앞에서도 같은 죄인이다
>
> 하늘에서는 좋은 것만 내려오니
> 별이 살아있는 한
> 태양이 식을 때까지
> 상습적인 패배자일지라도

하늘을 응시하라

…(중략)…

하늘에서는 좋은 것만 내려오니
땅 위에 것만 보지 말고
우주를 바라보라
하늘은 음모를 꾸미지 않는다

—「주기율표」부분

이 시에서 우리는 "상습적인 패배자"라는 대목에 주목할
필요가 있다. 결핍과 모순의 현실 안에서 인간은 "상습적"으
로 패배한다. 패배야말로 세계 안에서의 인간의 운명이다.
결핍의 존재는 허구한 날 패배할 수밖에 없다. 인간은 분열
되고 해체되고 망가지면서, 먼 옛날 어딘가에 존재했던, 결
핍이라고는 찾아볼 수 없는 '동일성'의 세계를 꿈꾼다. 그것
은 사라진 낙원에 대한 일종의 노스탤지어이다. 그러나 한
번 그곳을 떠난 자는 다시 그곳으로 돌아갈 수 없다. 그러므
로 인간은 현재성 너머에 있는 다른 세계로 치고 나갈 수밖
에 없다. 이 결핍 부재의 다른, 새로운 세계, 그것이 "하늘"
이다. 바로 그런 이유 때문에 "하늘에서는 좋은 것만 내려오
니"라는 표현이 비로소 가능해진다. 이 시 속의 화자는 명령
어를 동원하는데, 이 명령어는 자신만이 아니라 타자들과 '함
께' 그곳에 가기를 원하기 때문이다. "음모를 꾸미지 않는",

결핍과 분열이 없는, 완전한 합일과 통일체인 "하늘"은 "땅
위"가 아니라 그 너머에 있다. 다음의 시는 그런 합일이 이
루어진 상태의 풍경을 역설적이게도 '지상'의 풍경을 이용하
여 잘 보여 준다.

고래는 지구 냄새를 좋아한다
바다의 감촉을 즐긴다
우리는 고래 숨소리를 들으며
우주여행을 한다
고래 노래는 파도를 부른다
태초의 호흡을 길게 할 때는
하늘 소리가 들린다
심해 속 먼 고래의 노래,
하늘 향한 물보라는
태양보다 앞선 별들에게
보내는 손짓이다
잠시만 숨을 꾹 참고
물 밖으로 점프하면
우주로 날아갈 수 있는데
고래는 지구 냄새가 좋아
우리와 산다

―「고래는 지구 냄새를 좋아한다」 전문

이 시집에서 가장 아름다운 시 중의 하나인 이 시는 모든

개체들이 연합하여 "하늘 소리"를 만드는 아름다운 그림을 그리고 있다. 충돌이 없으며 서로가 서로를 불러 하나가 되는 고래의 이 유연하고도 평화로운 모습이야말로 시인 김익진이 꿈꾸는 세계이다. 이 풍경 속에는 주체의 분열도, 주체와 대상 사이의 분리도 존재하지 않는다. 몸과 영혼, 시선과 응시, 숨과 숨이 하나가 되어 또 다른 하나인 "하늘 소리"를 만나는 것, 이것이야말로 이 시집이 독자들에게 제시하는 이정표이다. 이 시집은 그 먼 길로 가는 여러 종류의 정거장들로 이루어져 있다.

천년의시인선